Otolina

e a

Raposa Roxa

LIVROS DO AUTOR PUBLICADOS PELA GALERA RECORD

Série Otolina

Otolina e a gata amarela

Otolina vai à escola

Otolina no mar

Otolina e a raposa roxa

Série Garota Gotic

A Garota Gotic e o fantasma de um rato

A Garota Gotic e o festival mais assustador que a morte

Chris
RIDDELL

Otolina
e a
Raposa Roxa

Tradução de
Janaína Senna

1ª edição

GALERA
junior
RIO DE JANEIRO
2017

CIP-BRASIL. CATALOGAÇÃO NA PUBLICAÇÃO
SINDICATO NACIONAL DOS EDITORES DE LIVROS, RJ

R411o
Riddell, Chris, 1967-
Otolina e a raposa roxa / Texto e ilustração Chris Riddell ; tradução Janaína Senna. - 1. ed. - Rio de Janeiro: Galera Record, 2017.
il.

Tradução de: Ottoline and the purple fox
ISBN 978-85-01-11099-2

1. Ficção juvenil inglesa. I. Riddell, Chris. II. Senna, Janaína. III. Título.
17-43072 CDD: 028.5
CDU: 087.5

Título original:
Ottoline and The Purple Fox

Publicado primeiramente por Macmillan Children's Books, Londres.

Adaptação de capa e composição de miolo: Renata Vidal

Texto revisado segundo o novo Acordo Ortográfico da Língua Portuguesa.

Direitos exclusivos de publicação em língua portuguesa somente para o Brasil
adquiridos pela
EDITORA RECORD LTDA.
Rua Argentina, 171 - Rio de Janeiro, RJ - 20921-380 - Tel.: (21) 2585-2000,
que se reserva a propriedade literária desta tradução.

Impresso no Brasil

ISBN 978-85-01-11099-2

Seja um leitor preferencial Record.
Cadastre-se e receba informações sobre nossos
lançamentos e nossas promoções.

Atendimento e venda direta ao leitor:
mdireto@record.com.br ou (21) 2585-2002.

EDITORA AFILIADA

Para a princesa Joanna de Norfolk

Capítulo Um

Otolina Brown mora num apartamento na Torre P. W. Huffledinck, que parece um moedor de pimenta e por isso é chamada de Edifício Moedor de Pimenta.

A menina mora com seu melhor amigo, o Sr. Munroe, que é baixinho, cabeludo e veio de um brejo na Noruega. Os pais de Otolina, o professor e a professora Brown, são Colecionadores Itinerantes e viajam pelo mundo, coletando objetos que enviam para casa sob os cuidados de Otolina. A coleção é imensa, mas Otolina tem a ajuda de muitas pessoas que vêm ao apartamento 243 todos os dias.

OTOLINA SEMPRE TEM UM CADERNINHO PARA ANOTAR COISAS INTERESSANTES E PLANOS BRILHANTES.

O SR. MUNROE GOSTA DE COLECIONAR BARBANTE.

A COMPANHIA FEITO-EM-CASA ENTREGAVA A COMIDA DE OTOLINA.

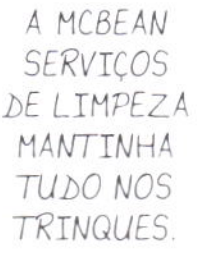
A MCBEAN SERVIÇOS DE LIMPEZA MANTINHA TUDO NOS TRINQUES.

A SMITH & SMITH, ESPECIALISTAS EM AFOFAR TRAVESSEIROS E PUXAR CORTINAS, VINHA TODAS AS MANHÃS E NOITES.

A EMPRESA O DRAGÃO SORRIDENTE & CIA. DOBRADORES DE ROUPAS DEIXAVA AS ROUPAS SEMPRE LIMPAS E BEM DOBRADAS.

A NINHO FELIZ FAZEDORES DE CAMAS TROCAVA OS LENÇÓIS.

A MARION ARTIGOS DE TOALETE CUIDAVA DO BANHEIRO.

A EMPRESA POLIDORES DE MAÇANETAS DEIXAVA TODOS OS PUXADORES DAS PORTAS TININDO.

A CIA. 1,000 WATTS TROCADORES DE LÂMPADAS FAZIA SEU TRABALHO PARA DEIXAR A CASA RELUZENTE.

Além de cuidar do apartamento e da coleção, Otolina e o Sr. Munroe viveram todo tipo de aventuras juntos, como aquela vez que capturaram uma célebre gata gatuna...

...e encontraram a casa mal-assombrada dos Hammersteins...

...e visitaram o Abominável Trasgo de Trondheim, Vulgo Pé-Grande.

LEIA SOBRE ISSO EM "OTOLINA NO MAR"

Mas seja lá o que tenham feito ou onde tenham estado, Otolina e o Sr. Munroe cuidam um do outro, porque são melhores amigos desde que Otolina se entende por gente.

O SR. MUNROE GOSTA DE CHOCOLATE QUENTE, LUGARES ENSOLARADOS E DE PEDAÇOS DE BARBANTE. ELE NÃO GOSTA DE CHUVA, DE QUE PENTEIEM SEU CABELO E DE SER CONFUNDIDO COM UM CACHORRO.
OTOLINA SEMPRE GOSTOU DE BRINCAR COM O CABELO DO SR. MUNROE E DE PENTEÁ-LO.
A OTOMANA PÉS DE POMBO BEIDERMEYER.

Otolina decidiu que faria um jantar festivo...

...e ficou às voltas com isso, anotando os planos no caderninho:

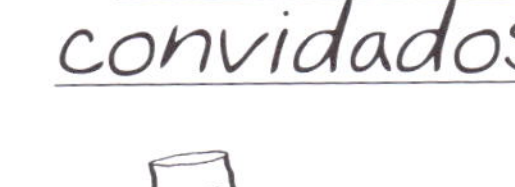

Sra. Pasternak
e Morris

Cecily Forbes Lawrence
e Ruminoso

Newton Knight
e Pino

A suitana de
Pahang
e Tchau-Tchau

O urso do
porão?

Adoro a loja de
sapatos Urso-Polar!

GRANDE XÍCARA DE CHÁ
CAFÉ GRANDE XÍCARA DE CHÁ
O POEMA DO POSTE DE LUZ
RUA 3
PATOS

Cardápio do jantar festivo

Mingau + Chocolate quente ✓

Supersopa ✓

Macarrão com requeijão ✓

Pavê de melado gelado ✓

* Ligar para a Companhia Feito-Em-Casa
Cachorros que passaram pelo café

PARQUE PETTIGREW
e Jardins Ornamentais
PATINETE DA BEBETH
Alugue aqui
RUA 3
SAPATOS

Brincadeiras do jantar festivo

Pregar o rabo do burro ✗

Pique-esconde ✗

Guerra de travesseiro ✓

Verdade ou consequência ✓

Ursos musicais?

Lembrete para mim mesma
Falar com o urso do porão

Poema do poste de luz

Se um pouquinho de vermelho
Você misturar
A uns respingos de azul,
Uma bela cor vai encontrar.
Roxo como o céu das noites sem lua
Escuro como as sombras que se espalham pela rua.

De noite, na hora da ceia, Otolina reparou que a coleção de luminárias da sala de jantar estava um pouco bagunçada. Mal conseguia enxergar o Sr. Munroe na outra ponta da mesa porque o pendente de franjas duplas que seus pais compraram no Tibete ficava no meio do caminho. Mas sabia que

ele estava comendo mingau e tomando chocolate quente, porque ele sempre escolhia esse cardápio.

— Acho que precisaremos dar um jeito aqui antes da festa — disse Otolina, pensativa, comendo um pedaço da sua minipizza de tomate e queijo derretido.

Depois da ceia, Otolina foi até a despensa.
Girou a bela e reluzente maçaneta...

...e deu uma olhada lá dentro.

— Isso não vai dar certo — disse ela ao Sr. Munroe.

Ele concordou.

ESTE LADO PARA CIMA
ESTE
CIMA
ESTE PARA
ESTE LADO PARA CIMA
ESTE PARA
ESTE LADO PARA CIMA
ESTE LADO
ESTE LADO PARA CIMA

Capítulo Dois

No dia seguinte, Otolina acordou cedo e vestiu sua roupa de fazer arrumações. O Sr. Munroe fez o mesmo.

— Muito bem! — exclamou Otolina.

— Vamos esvaziar a despensa e ver o que conseguimos achar.

Na ponta dos pés, Otolina se esticou o máximo que conseguiu e pegou a caixa mais alta.

Já o Sr. Munroe segurou a caixa mais próxima e a puxou...

ESTE LADO PARA CIMA
ESTE LADO PARA CIMA
ESTE LADO PARA CIMA
ESTE LADO PARA CIMA
BOLAS
BOLICH
DECORAT

— Acho que vamos precisar de ajuda, meu caro — observou Otolina.

Nesse exato instante, a campainha tocou. Otolina foi atender enquanto o Sr. Munroe se levantava, espanando a poeira.

Otolina abriu a porta. Eram Pete e Jackie, da McBean Serviços de Limpeza.

— Como podemos ajudar? — perguntou Pete com um sorriso.

Pete e Jackie ajudaram Otolina a tirar tudo das caixas de papelão e a classificar os objetos. Outros ajudantes chegaram para se juntar a eles.

Quando todas as caixas estavam finalmente abertas, Otolina decidiu o que faria com aquelas coisas...

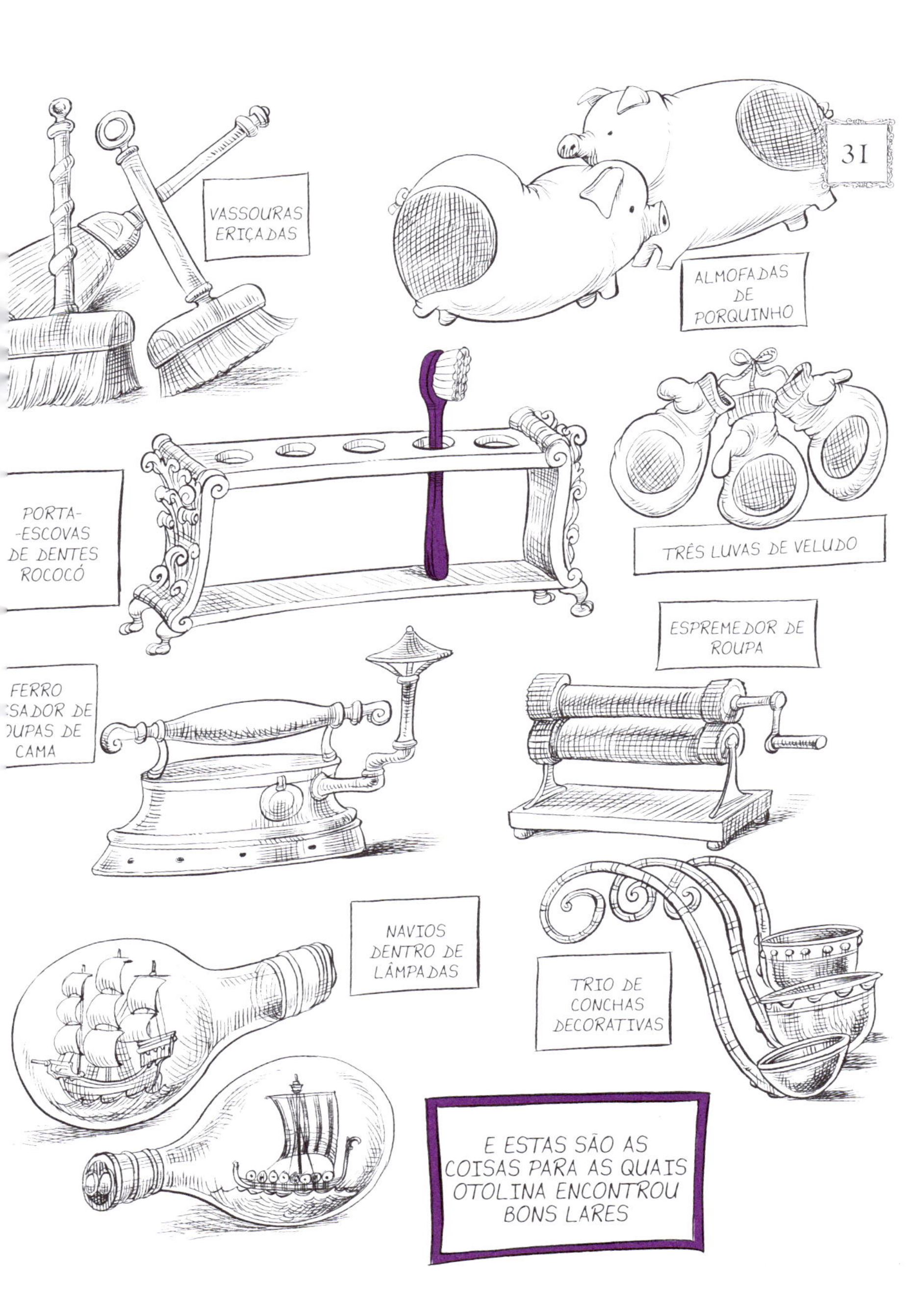
VASSOURAS ERIÇADAS
ALMOFADAS DE PORQUINHO
PORTA-ESCOVAS DE DENTES ROCOCÓ
TRÊS LUVAS DE VELUDO
ESPREMEDOR DE ROUPA
FERRO
SADOR DE
UPAS DE
CAMA
NAVIOS DENTRO DE LÂMPADAS
TRIO DE CONCHAS DECORATIVAS
E ESTAS SÃO AS COISAS PARA AS QUAIS OTOLINA ENCONTROU BONS LARES

Otolina agradeceu a seus ajudantes, que saíram levando as caixas de papelão.

Estas são algumas coisas que sobraram.

— Pode ficar com o barbante — disse Otolina ao Sr. Munroe. — Mas o resto não presta para nada.

Otolina e o Sr. Munroe encaixotaram o que não servia mais e pegaram o elevador para ir até a portaria do prédio.

DOLLY MYERS E SUA AMIGA BORBULHA.
OTOLINA CONHECIA TODOS NO EDIFÍCIO MOEDOR DE PIMENTA. SE VOCÊ QUER SABER COMO, VÁ ATÉ A PÁGINA 74.
SR. BOOTHBY E TOLO
SRA. PERI
E SEU FIL
CECIL
BIX, O PORTEIRO

SR. CHUCRUTE E A PATA MOLLY
R. PEPE
EDWIN
BEATRICE E SHOSHANA
ORTARIA
ELATINA
NSTANLEY
E
NSTRENGO
OS CRATEROSOS

ESTE
LADO
PARA
CIMA

Na portaria, Otolina viu uma pessoa que ela não reconheceu. Era uma menina de cabelo claro, calçando luvas descascadas. Estava com uma amiga baixinha e cabeluda, de pés enormes. Otolina achou que ela se parecia com alguém, mas não sabia dizer quem.

— A amiga dela é meio parecida com você, só que tem pés muito maiores que os seus! — observou Otolina, rindo. O Sr. Munroe não disse nada. Otolina e o Sr. Munroe ficaram observando a menina e sua amiga deixarem o Edifício Moedor de Pimenta e se dirigirem ao Parque Pettigrew e Jardins Ornamentais.

— Eu me pergunto se elas estão indo ao Patinete da Bebeth — comentou Otolina ainda segurando a caixa de papelão. O Sr. Munroe deu umas batidinhas com o guarda--chuva no ombro da menina.

— Sim, podemos ir também — disse Otolina. — Depois de nos livrarmos dessa tralha.

AS
LIXEIRAS

Capítulo Três

O beco ao lado do Edifício Moedor de Pimenta tinha uma área para lixeiras com várias lixeiras de rodinhas enfileiradas.

1
2
3
4
ERAM QUATRO PARA CADA ANDAR DO EDIFÍCIO MOEDOR DE PIMENTA

Otolina estava prestes a erguer a tampa da lixeira trinta e quatro para jogar a caixa lá dentro quando um focinho peludo surgiu.

Era uma raposa de pelo roxo.

— Pra mim? — perguntou com uma voz aveludada. — Que curioso.

A Raposa Roxa pegou a caixa de papelão das mãos de Otolina e olhou o que tinha dentro.

— Ora, ora, é perfeito! — exclamou, ao ver uma das etiquetas "Este lado para cima". Depois de uma pausa, acrescentou: — Que falta de educação a minha. Querem entrar?

— Aí dentro? — perguntou Otolina, na dúvida, enquanto a raposa lhe estendia a pata.

Otolina pegou na pata da Raposa Roxa e entrou na lixeira trinta e quatro. O Sr. Munroe a

seguiu. A Raposa Roxa ofereceu um banquinho giratório para Otolina se sentar, e pegou uma almofada xadrez para se acomodar também.

— Gostei da arrumação que você fez aqui — disse Otolina, dando uma olhada em volta.

— Obrigado — respondeu a Raposa Roxa, ajustando o monóculo no focinho. — Tudo aqui é reciclado. É impressionante o que as pessoas jogam fora. Veja essas etiquetas, por exemplo. Era justamente o que eu estava procurando para usar como papel de parede do anexo.

— Anexo? — indagou Otolina.

— É — respondeu a Raposa Roxa. — Acabei de abrir uma passagem para a trinta e três.

— Eu não fazia ideia de que alguém morava aqui — comentou Otolina, impressionada.

— Ah, você ficaria surpresa com a quantidade de animais que moram na Big City sem que ninguém perceba — disse a Raposa Roxa.

O novo amigo de Otolina começou a tirar da caixa os objetos misteriosos.

— Hmm, isso parece muito interessante! — exclamou, examinando cada um deles.

— Tem as tartarugas no Parque Pettigrew, os cachorrinhos de madame no Café Grande Xícara de Chá — foi listando Otolina —, e o Sr. Chucrute lá do prédio tem uma pata de estimação...

— Posso mostrar a vocês animais bem mais interessantes — disse a Raposa Roxa, com delicadeza. — Em troca por esses adoráveis presentes, deixe-me guiar você e o seu amigo cabeludo por um Safári Urbano.

— Ele se chama Sr. Munroe — esclareceu Otolina. — E nós adoraríamos!

— Encontrem-me na esquina às doze horas de amanhã à noite — pediu a Raposa Roxa.

Estava chovendo quando Otolina e o Sr. Munroe saíram da toca da Raposa Roxa. Então, em vez de seguir para o parque, resolveram se encaminhar para a Rua 4.

LIVROS DA RUA 4
RUA 4
ISTO NÃO É UM LIVRO. É UMA PORTA.
O assobio da vida selvagem

Otolina percebeu que havia inaugurado uma nova livraria na Rua 4. Ela parou diante da vitrine para dar uma espiada. Alguns de seus livros favoritos estavam expostos...

... e tinha também um livro que ela jamais vira antes.

Eles entraram na loja.

— Olá, precisa de ajuda? — perguntou uma voz.

Otolina se virou e viu, bem na sua frente, a menina que estava na entrada do Edifício

Moedor de Pimenta.

— Gostaria de comprar este livro — respondeu Otolina, pegando o exemplar que tinha visto na vitrine.

— Excelente escolha — comentou a menina. — Acho que você vai gostar. A propósito, adorei seu chapéu.

— Obrigada — agradeceu Otolina. — E eu adorei seu cardigã.

Meu nome é Otolina Brown — acrescentou.
— Você se parece com alguém que conheço, mas não consigo lembrar quem.

— Eu me chamo Myrrh Trigêmeos — disse a menina. — Engraçado, você também me lembra alguém...

Otolina comprou o livro com o dinheiro que trazia guardado no bolso número três.

— Por acaso você gostaria de ir comigo até o Café Grande Xícara de Chá para

tomarmos um chá? — perguntou Myrrh.
— A Srta. Macintosh pode tomar conta da livraria, não é, Srta. Macintosh?

A Srta. Macintosh ergueu os olhos do tricô e assentiu.

O Sr. Munroe estava fascinado pelo novelo de lã caído aos (enormes) pés daquela senhorita.

— Que coincidência — observou Otolina.
— O Sr. Munroe e eu estávamos justamente indo para lá, não é?

Mas o Sr.
Munroe estava
ocupado demais
examinando o
novelo de lã para
responder.

GRANDE XÍCARA DE
CAFÉ GRANDE XÍCARA DE CHÁ
LIVROS
DA

No Café Grande Xícara de Chá, Myrrh contou a Otolina tudo sobre si mesma. Seus pais, o Doutor e a Doutora Trigêmeos, eram Colecionadores de Livros Itinerantes e tinham aberto a livraria na Rua 4 porque não havia mais, no próprio apartamento, nenhum aposento livre que pudesse abrigar aquela crescente coleção. Myrrh morava no apartamento 342 do Edifício Paul Stewart III, que todos chamam de Edifício Paul Stewart III mesmo, já que ele não se parece com nada. A Srta. Macintosh mora com Myrrh. Ela é uma pessoinha cabeluda e de pés grandes, vinda de uma ilha rochosa do Mar Báltico.

— Essas minipizzas estão deliciosas — comentou Myrrh. — Mas nem se comparam às da Companhia Feito-Em-Casa.

— Você conhece o Jean-Pierre? — perguntou Otolina, espantada. — É ele que vai fazer a comida de meu jantar festivo. Você e a Srta. Macintosh gostariam de ir?

— Adoraríamos — respondeu Myrrh. — Mas a Srta. Macintosh faz muito barulho quando come.

— Não tem o menor problema — assegurou Otolina.

Quando Otolina e o Sr. Munroe chegaram ao apartamento, encontraram uma pilha de correspondência esperando por eles no capacho da entrada.

ESTE AQUI É UM POSTAL DOS PAIS DELA
LIVROS DA RUA 4
BEM-VINDOS

Depois da ceia, Otolina se acomodou na poltrona Beidermeyer para ler suas cartas.

Capítulo Quatro

A primeira carta que Otolina leu foi o postal dos pais. Embora eles não estivessem ali, ler seus postais fazia com que a menina não se sentisse tão longe assim. Otolina estava com muita saudade dos pais.

O SR. MUNROE PEGOU A ESCOVA PARA O CASO DE OTOLINA FICAR TRISTE. ESCOVAR SEU CABELO SEMPRE A DEIXAVA MELHOR.

ESTA ERA A FRENTE
DO POSTAL.
SAUDAÇÕES
DE
HELIGOLÂNDIA

ESTE ERA O VERSO
DO POSTAL.

CARTÃO-POSTAL.

Querida Otolina,
Essas criaturas marinhas são
os selkies (homens-foca) de
Heligolândia. Os nativos os
chamam de "observadores das
pedras" porque eles gostam de ficar
admirando o mar. Descobrimos uns
erloques bálticos interessantíssimos
ue estamos despachando para casa.
Papai está mandando um beijo.

Amo você,
Mamãe.

.S.: O armário do corredor está
viamente precisando de uma
rumação. Bjs.

Srta. O Brown,
Apto. 243
Ed. Moedor de Pimenta
Rua 3
Big City 3001

ESTAS SÃO AS OUTRAS CORRESPONDÊNCIAS QUE OTOLINA ABRIU.

Marion
— Artigos de toalete —
– APERTANDO TUBOS DE PASTA DE DENTES HÁ 25 ANOS –

Querida Srta. Brown,
O porta-escovas de dentes é lindo!
Muito obrigada.
Cordialmente,
Marion Lloyd

— MCBEAN —
SERVIÇO de LIMPEZA
"Você derrama, a gente esfrega!"

Querida Srta. Brown,
Muitíssimo obrigado pelas radiantes vassouras! Elas estão num lugar de destaque em nossa loja na Rua 5.
Nos vemos amanhã.

Pete

Smith & Smith
ESPECIALI[STAS EM] AFOFAR TRAVESSEIROS & PUXAR CORTINAS
— DEIXAMOS TUDO FOFO PRA VOCÊ —

Amamos as almofadas de porquinho,

Kate + TERESA

– ROUPA LIMPA SE DOBRA FORA DE CASA –

O Dragão sorridente
DOBRADORES DE ROUPAS & CIA.

ESPREMEDOR DE ROUPA

Madame Wong

Querida Srta. Brown,

Foi muito gentil de sua parte nos dar o ferro passador de roupas de cama. Tem ajudado muito nosso trabalho. Ele é um SONHO!

Nossos abraços,

G e G.

PARA UMA VIDA RELUZENTE

P.D.M. LTDA.
POLIDORES DE MAÇANETAS

UM GRANDE AGRADECIMENTO
DO
GRANDE DOUG

Cia.
1,000-WATTS
TROCADORES DE LÂMPADAS

Cara OB,

Valeu pelos navios centro de lâmpadas. Eles são maneiros.

Os Caras.

COMPANHIA
FEITO-EM-CASA

Querida Mademoiselle Otolina,

– Seu Cardápio –

Entrada
Supersopa

Prato principal
Macarrão com requeijão

Sobremesa
Pavê de melado gelado

Pratos extras
Mingau e chocolate quente
Sucrilhos de chocolate e leite maltado

Saudações, Jean-Pierre

— Obrigada por me deixar escovar você, Sr. Munroe — disse Otolina. — Estou bem melhor agora.

OTOLINA
GUARDA TODOS
OS POSTAIS
ENVIADOS POR
SEUS PAIS NUM
ÁLBUM.

O Sr. Munroe estendeu para Otolina o livro que ela comprara na Livraria da Rua 4.

Eles se
sentaram
na poltrona
Beidermeyer...
...e leram o
livro todo, do
início ao fim.

— Eu adoraria conhecer Ada Gotic — confessou Otolina, sonolenta.

— Você viu minhas meias listradas por aí? — perguntou Otolina no dia seguinte. — Acho que vou usá-las no Safári Urbano de hoje à noite.

O Sr. Munroe fez que não com a cabeça.

— Vou perguntar ao urso do porão — prosseguiu ela. A campainha toca. — Quero dizer, depois do café da manhã — acrescentou.

O SR. MUNROE TINHA ACABADO DE ESCOVAR O CABELO DE OTOLINA A PEDIDO DA MENINA.

Depois do café da manhã,
Otolina foi até o porão.

O URSO DO PORÃO É UM GRANDE AMIGO DE OTOLINA. ELE PREFERE O PORÃO À SUA TOCA GELADA NO CANADÁ.

O urso não tinha visto as meias listradas, mas ele queria que Otolina conhecesse seus visitantes.

Libby, o urso-polar, e McNally, o pinguim, da Empresa de Calçados Urso-Polar, estavam na cidade para apresentar a nova coleção desenhada para a sapataria da Rua 3.

Otolina ficou encantada vendo os modelos. A Empresa de Calçados Urso-Polar fazia seus sapatos favoritos, e a menina tinha vários na sua coleção de Sapatos Esquisitos.

Depois de ficar por dentro de todas as novidades da Empresa de Calçados Urso-Polar, Otolina foi ouvir os dutos um pouquinho. Era assim que ficava sabendo de tudo sobre todo mundo do Edifício Moedor de Pimenta.
SHOSHANA DISSE QUE O MELHOR HORÁRIO PARA IR AO PATINETE DA BEBETH É ÀS QUATRO NAS QUARTAS-FEIRAS...
VOCÊS QUEREM IR AO MEU JANTAR FESTIVO?
CECIL! VÁ FAZ O DEVER DE C CECIL! CECIL
ADORARÍAMOS.

ALÔ? MEU NOME É PEPE. EU GOSTARIA DE PEDIR UMA PIZZA GIGANTE COM ACRÉSCIMO DE ABACAXI...
SINCERAMENTE, BORBULHA, SE NÃO PODE DIZER UMA COISA BOA, ENTÃO É MELHOR NÃO DIZER NADA...
NÃO ESTOU FALANDO NADA, DOLLY....
QUA-QUA
TÁ BOM, VOVÔ.
VOCÊ É UM MENINO MUITO FEIO, MONSTRENGO! MUITO FEIO!
EDWIN, ESTÁ NA HORA DE MOLLY TOMAR BANHO...
PARABÉNS, GAROTO! É ISSO AÍ, TOLO!

Naquela noite, Otolina e o Sr. Munroe se vestiram com suas roupas de explorador.

E depois foram para o Safári Urbano.

Capítulo Cinco
1
2
3
4
5
Eles encontraram a Raposa Roxa à meia-noite.

13
5
17
22
27
33
34
36
37

A Raposa Roxa os levou para a saída de emergência nos fundos do Edifício Blitzenbilder, de onde se via a Biblioteca de Cidade Grande.
UM POEMA NO POSTE DE LUZ
SE QUISER, LEIA-O NA PÁGINA 116

BIBLIOTECA
de CIDADE GRANDE
VIOLETA
PETTIGREW

Enquanto observavam a cidade, um bando de flamingos azuis saiu voando de seu poleiro no telhado da Biblioteca de Cidade Grande e veio pousar nos postes de luz da praça.

SE QUISER SABER MAIS A RESPEITO DOS FLAMINGOS, VÁ PARA A PÁGINA 115.

SAFÁRIS
URBANOS

MOINHO DE VENTO
RUA 4
Em seguida, a Raposa Roxa os levou para o teto da banca de muffins na esquina da Rua 4 com a Moinho de Vento.
UM POEMA NO POSTE DE LUZ
VOCÊ PODE O POEMA PÁGINA

MUFFINS

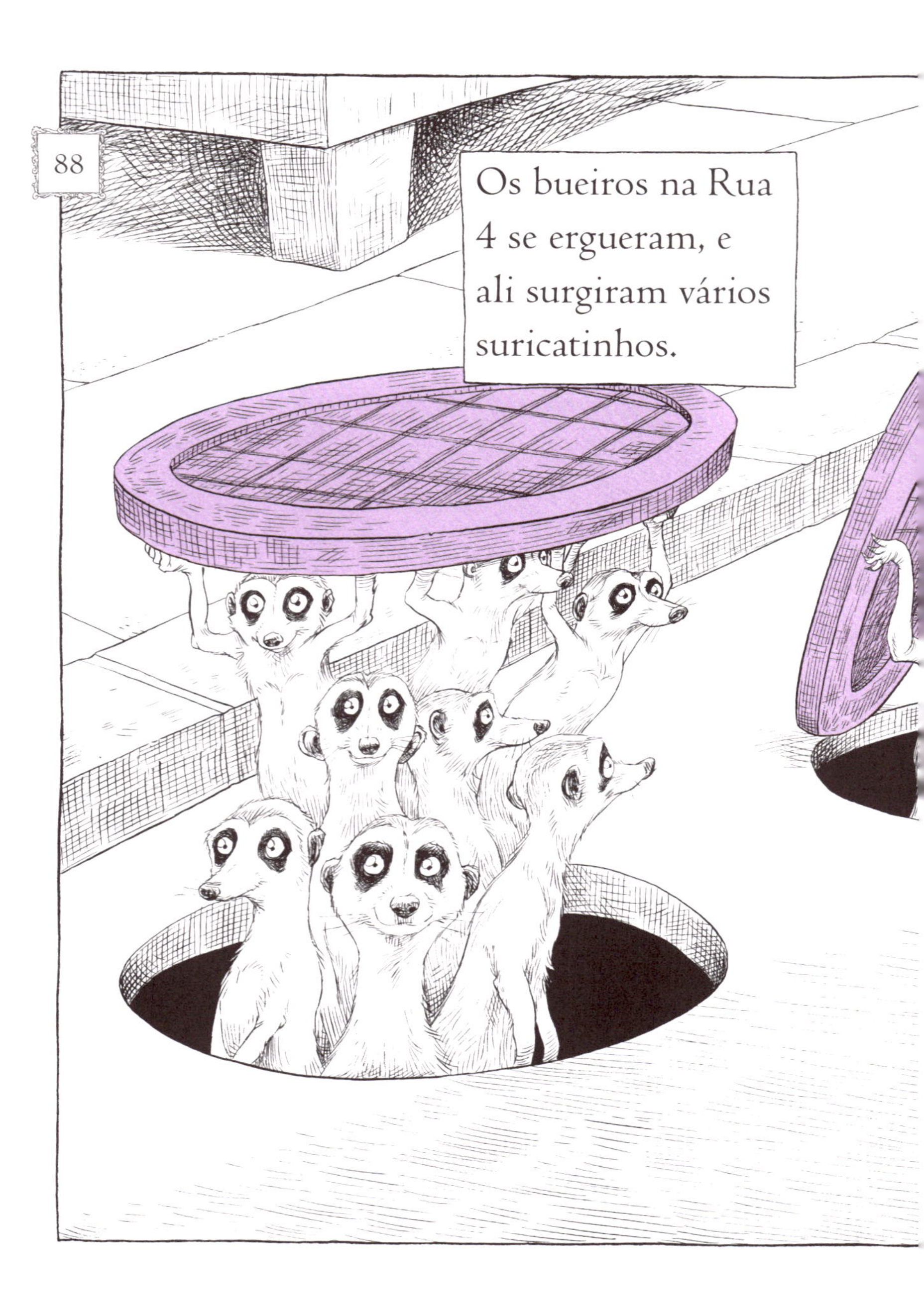
Os bueiros na Rua 4 se ergueram, e ali surgiram vários suricatinhos.

89
SE VOCÊ QUER DESCOBRIR MAIS COISAS, VÁ PARA A PÁGINA 118.

CORREIO
POEMA NO POSTE DE LUZ
VOCÊ PODE LER O POEMA NA PÁGINA 124
Então a Raposa Roxa os levou para a caixa de correio da Rua 5, e eles se esconderam lá dentro.

Ficaram espiando lá da caixa
de correio e viram um rebanho
de zebras em miniatura
atravessar a Rua 5, trotando.

93
SE QUISER SABER MAIS, VÁ PARA A PÁGINA 119.

— E, por fim — disse a Raposa Roxa com delicadeza —, chegamos ao ponto alto de nosso Safári Urbano. Por favor, venham por aqui. — Uma senhora raposa estava de pé num beco, ao lado de uma cesta e de uma manivela. Ela exibia um adorável pelo avermelhado.

— Quem é aquela? — perguntou Otolina.

— Ah, é só minha assistente, a Rubra Brava — respondeu a Raposa Roxa ao subirem na cesta.

Rubra Brava girou a manivela, e a cesta começou a subir.

— A pelagem de sua assistente tem uma cor muito bonita — comentou Otolina.

— Sério? Eu não tinha notado — disse a Raposa Roxa.

SAFÁRI URBANO
BUTIQUE DA RUA

A cesta foi subindo e subindo até chegar ao fim da corda.

— Agora — sussurrou a Raposa Roxa —, temos que esperar bem quietos.

— Esperar pelo quê? — cochichou Otolina.

— Você vai ver — respondeu a Raposa Roxa, com um sorriso.

SAFÁRI URBANO

BUTIQUE
DA RUA I

Capítulo Seis

Eles esperaram, esperaram, mas lá embaixo, no jardim do telhado da Butique da Rua I, nada se movia.

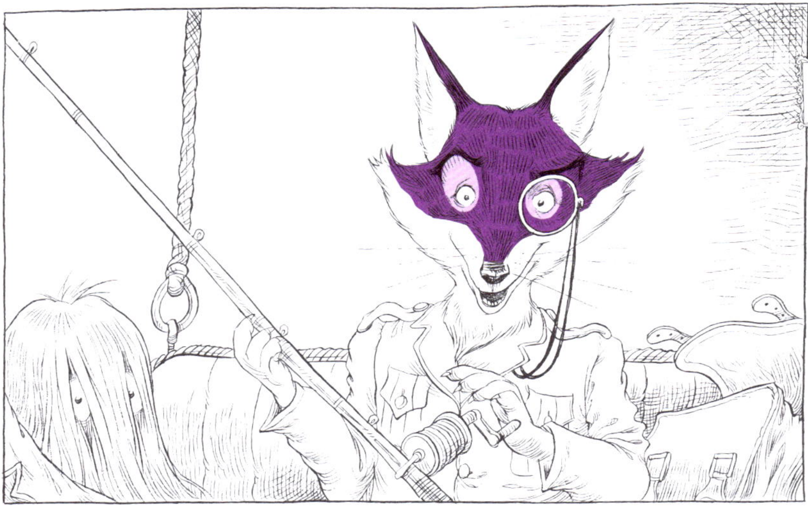

— Acho que vamos precisar disso — disse suavemente a Raposa Roxa, tirando da mochila os objetos misteriosos que Otolina havia lhe dado, e juntando um com o outro.

— É uma vara de pescar! — exclamou Otolina. — Quem diria!

— Só faltava a linha — observou a Raposa Roxa. — Mas, fora isso, estava em perfeitas condições.

— O Sr. Munroe achou que a linha fosse barbante — explicou Otolina.

O Sr. Munroe não disse nada.

Então, a Raposa Roxa puxou uma penca de bananas que estava debaixo de seu banco e a amarrou na ponta da linha. Em seguida entregou a vara de pescar a Otolina.

— Tente isso — disse a ela, com um sorriso.

Otolina foi baixando as bananas amarradas na ponta da linha em direção ao jardim do telhado. O clarão da lua reluzia nas folhas das plantas tropicais e dos arbustos.

A Raposa Roxa, Otolina e o Sr. Munroe esperaram...

...e esperaram...

106
... até que, de repente, a mão peluda de alguém apareceu. Esticou-se toda em meio à vegetação e arrancou uma única banana da penca presa na ponta da linha da vara de pesca.

108
Mais braços surgiram, seguidos por algumas cabeças.

Eles viram os gorilas se vestirem e desfilarem naquela selva do telhado.

— Estou me divertindo muito — revelou Otolina, descendo mais a última banana. — O Sr. Munroe e eu queríamos saber se você e Rubra Brava não gostariam de ir a nosso jantar festivo.

— Adoraríamos — respondeu suavemente a Raposa Roxa.

BUTIQUE
DA RUA I

Capítulo Sete

Quando chegaram em casa, Otolina e o Sr. Munroe foram direto pra cama.

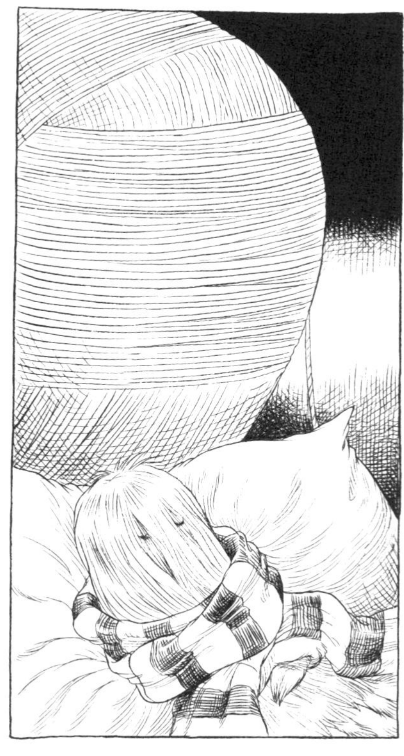

Na manhã seguinte, Otolina leu as anotações que fizera em seu caderno. O Sr. Munroe leu os poemas que foi pegando dos postes de luz.

Otolina leu a respeito dos flamingos da biblioteca...

Um flamingo azul da biblioteca
A Raposa Roxa disse que todas as noites os flamingos fazem a mesma coisa antes de se encaminharem para o porto a fim de comer camarões azuis e algas.
Eles pousam nos postes de luz para aquecer as patas, uma de cada vez.
Lâmpada
quentinha

... e o Sr. Munroe leu o primeiro poema.

Pata fria bate as asas,
Bate as asas pata fria.

Pássaro azulado
No poste empoleirado

Desça daí um pouquinho
Quero vê-lo de pertinho

Pata fria bate as asas,
Bate as asas pata fria.

Poeta do poste de luz

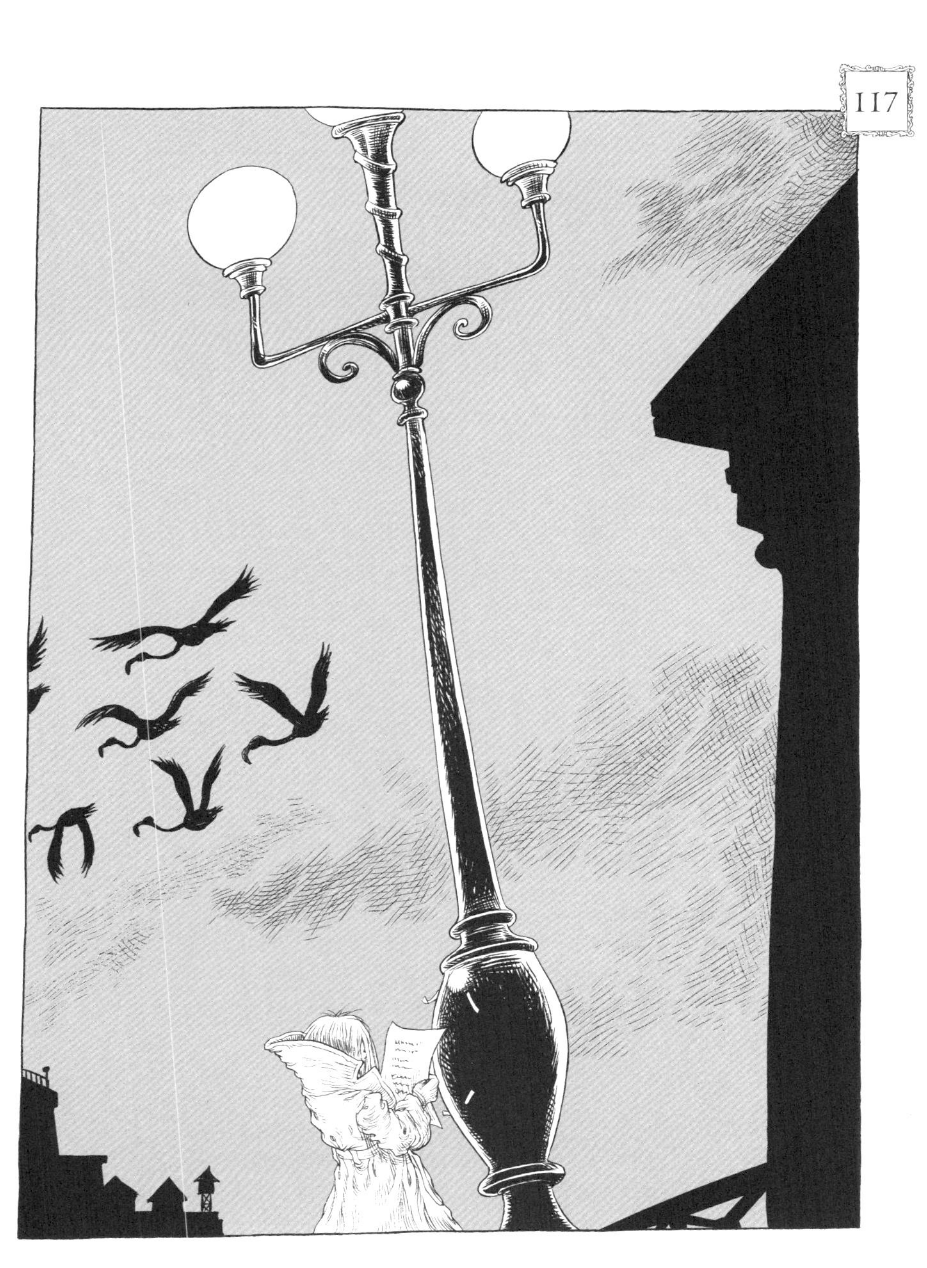

Otolina leu suas anotações sobre suricatos...

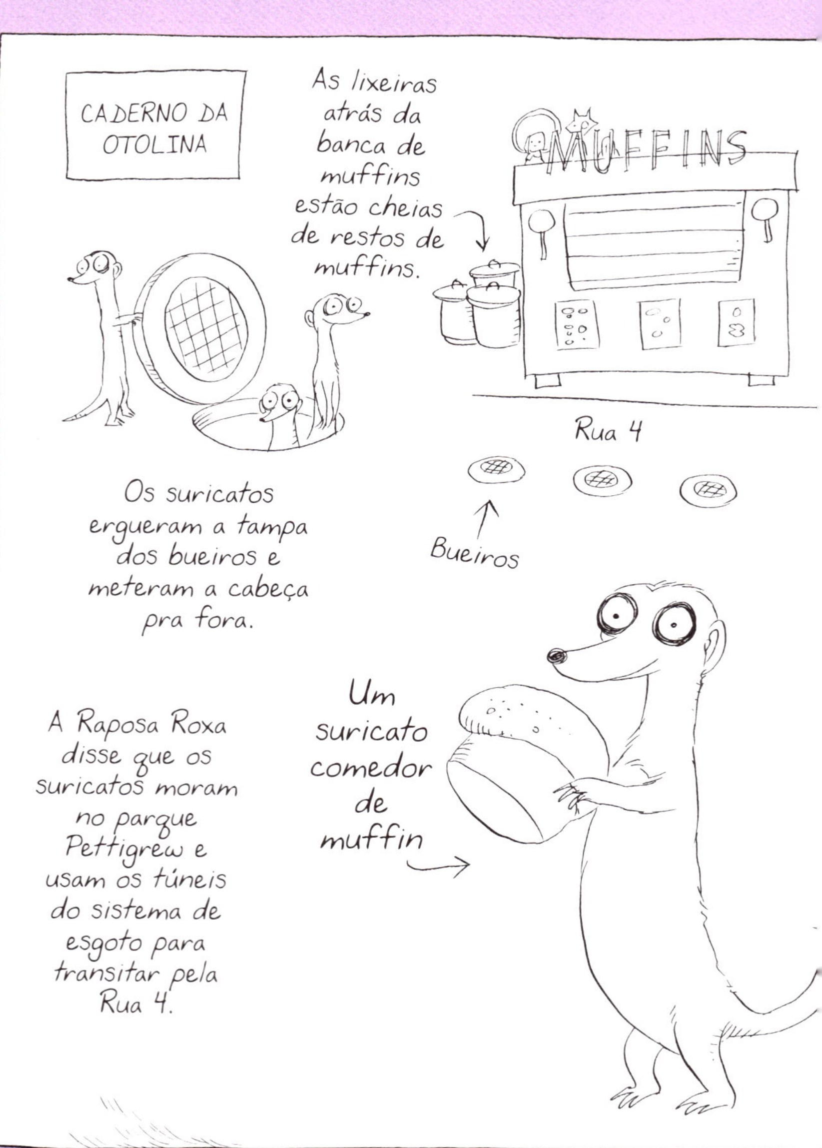

CADERNO DA OTOLINA
As lixeiras atrás da banca de muffins estão cheias de restos de muffins.
MUFFINS
Rua 4
Bueiros
Os suricatos ergueram a tampa dos bueiros e meteram a cabeça pra fora.
A Raposa Roxa disse que os suricatos moram no parque Pettigrew e usam os túneis do sistema de esgoto para transitar pela Rua 4.
Um suricato comedor de muffin

...e zebras...

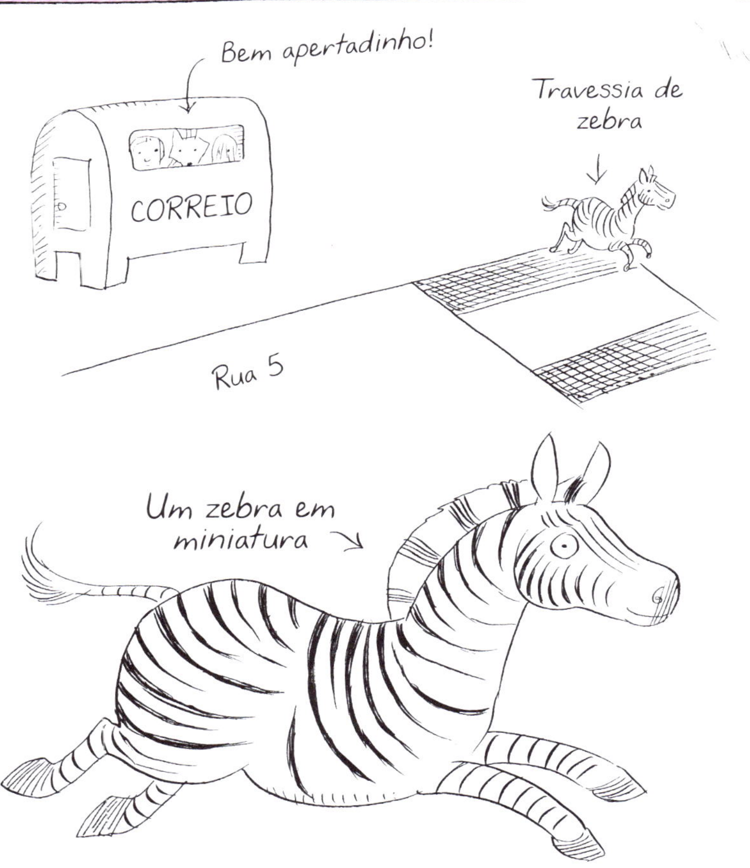

A Raposa Roxa disse que um rebanho de zebras mora no estacionamento da Rua 2 e que toda noite elas vão trotando até o Parque Pettigrew para pastar.

O Sr. Munroe leu um poema sobre eles.

Existem ali muitos bolos e docinhos
E dá pra comer tudo que cair no chão.
As patinhas encolhidas e o pelo dos focinhos
Só precisam descobrir onde eles estão.

Branco e preto, preto e branco
Na calada da noite os velhos bancos
Branco e preto, preto e branco
Veem as zebras galopar aos trancos.

Poeta do poste de luz

Otolina leu suas anotações sobre os gorilas tímidos...

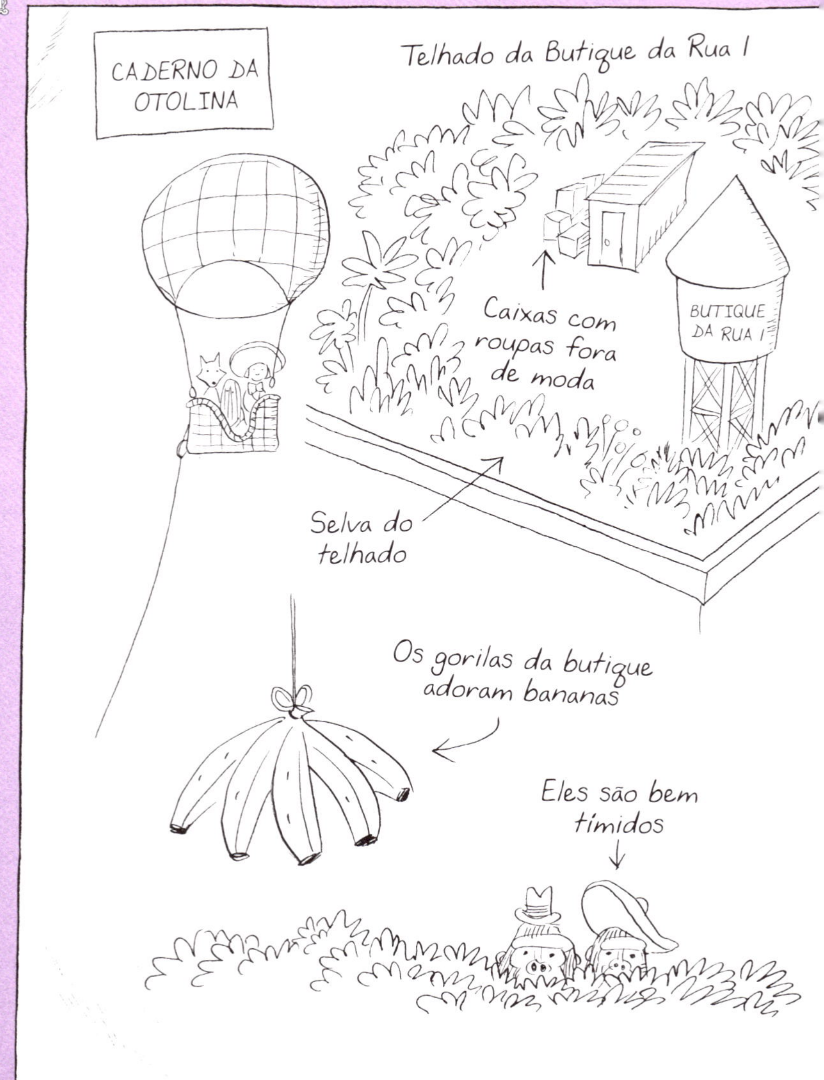

Gorila de butique
A Raposa Roxa disse que os gorilas gostam de cores vibrantes e estampas espalhafatosas, especialmente de bolinhas.
Chapéu fora de moda
Short xadrez fora de moda

Então, o Sr. Munroe leu um poema para Otolina...

Ah, dona Raposa, dona Raposa Roxa,
Tanta coisa seus olhos veem.
Ah, dona Raposa, dona Raposa Roxa,
Por que não veem a mim também?

Ah, dona Raposa, dona Raposa Roxa,
Que conhece tanta coisa por aí afora.
Ah, dona Raposa, dona Raposa Roxa,
Só tem uma coisa que você ignora.

Ah, dona Raposa, dona Raposa Roxa,
Bem que eu queria não ficar assim calado.
Ah, dona Raposa, dona Raposa Roxa,
Acontece que sou muito, muito encabulado.

Poeta do poste de luz

...que ele achou particularmente interessante.

Capítulo Oito

No dia seguinte, Otolina e o Sr. Munroe fizeram dobraduras de papel para servir de convite e bonequinhos de papel para demarcar os assentos dos convidados do jantar festivo.

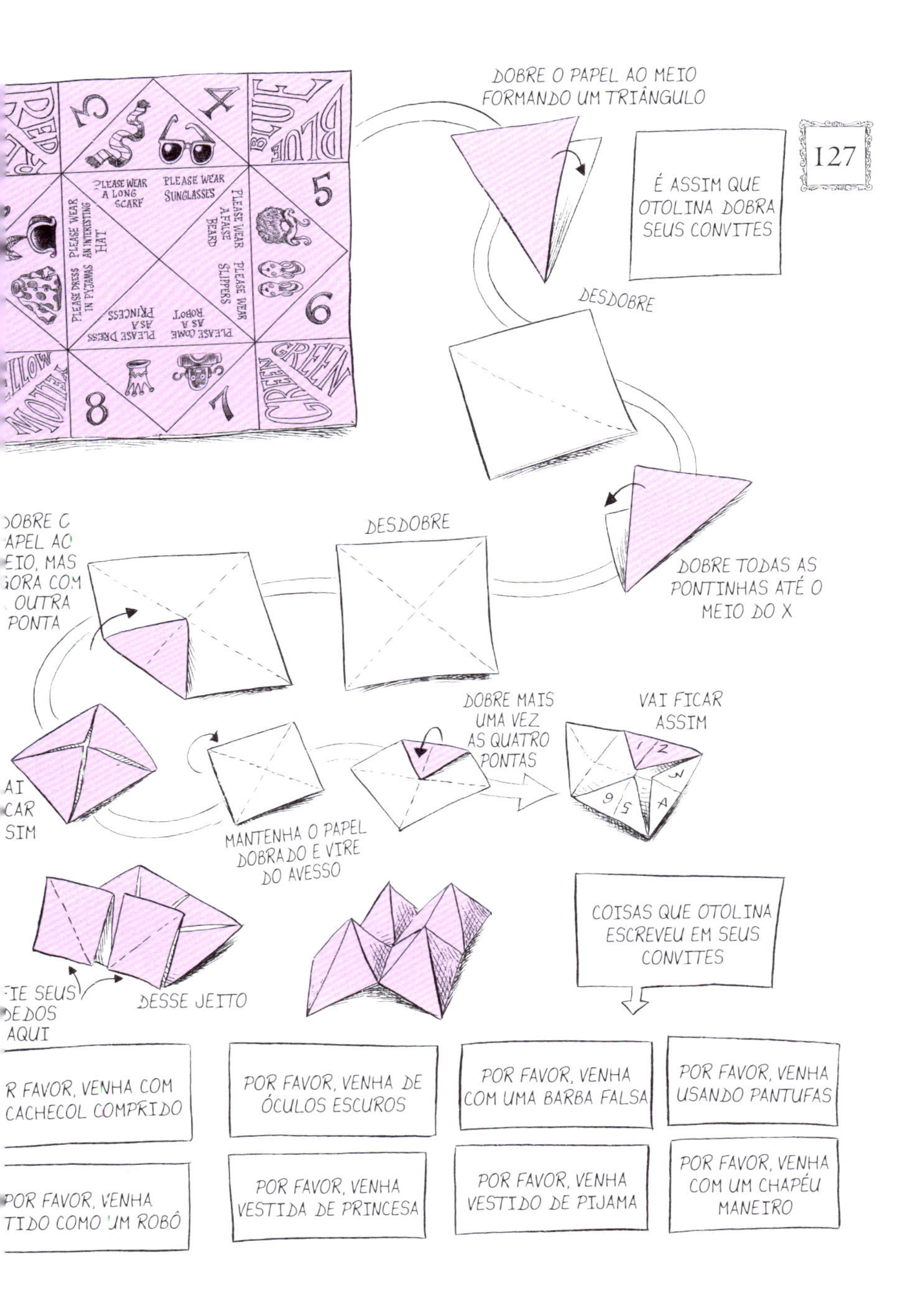
RED
3
4
BLUE
PLEASE WEAR A LONG SCARF
PLEASE WEAR SUNGLASSES
5
PLEASE WEAR AN INTERESTING HAT
PLEASE WEAR A FALSE BEARD
PLEASE DRESS IN PYJAMAS
PLEASE WEAR SLIPPERS
6
PLEASE DRESS AS A PRINCESS
PLEASE COME AS A ROBOT
YELLOW
8
7
GREEN
DOBRE O PAPEL AO MEIO FORMANDO UM TRIÂNGULO
É ASSIM QUE OTOLINA DOBRA SEUS CONVITES
DESDOBRE
DOBRE TODAS AS PONTINHAS ATÉ O MEIO DO X
DESDOBRE
DOBRE O PAPEL AO MEIO, MAS AGORA COM OUTRA PONTA
DOBRE MAIS UMA VEZ AS QUATRO PONTAS
VAI FICAR ASSIM
MANTENHA O PAPEL DOBRADO E VIRE DO AVESSO
VAI FICAR ASSIM
DESSE JEITO
COISAS QUE OTOLINA ESCREVEU EM SEUS CONVITES
R FAVOR, VENHA COM CACHECOL COMPRIDO
POR FAVOR, VENHA DE ÓCULOS ESCUROS
POR FAVOR, VENHA COM UMA BARBA FALSA
POR FAVOR, VENHA USANDO PANTUFAS
POR FAVOR, VENHA TIDO COMO UM ROBÔ
POR FAVOR, VENHA VESTIDA DE PRINCESA
POR FAVOR, VENHA VESTIDO DE PIJAMA
POR FAVOR, VENHA COM UM CHAPÉU MANEIRO

McNALLY
LIBBY
O URSO
CECILY
RUMINOSO
MORRIS
SRA. PASTERNAK
SRTA. MACINTOSH
MYRRH
PINO
NEWTON
RUBRA BRAVA
RAPOSA ROXA
SULTANA
TCHAU-TCHAU
OTOLINA
SR. MUNROE
ESSES SÃO OS BONEQUINHOS DE PAPEL

Quando terminaram, Otolina deu os convites para Max, o mensageiro, entregar em mãos a cada um dos convidados. Todos, exceto o do urso e seus amigos do porão. Otolina levou esse convite quando foi pôr sua roupa para lavar.

TRÊS DIAS DEPOIS
243
CACHECOL COMPRIDO

PANTUFAS
ÓCULOS ESCUROS
ROBÔ
PRINCESA
BARBA FALSA

Myrrh e a Srta. Macintosh foram quase as últimas a chegar.

— Gostei de seu pijama — comentou Otolina.

Estavam todos conversando até soar o gongo, chamando para o jantar.

— A Raposa Roxa está atrasada — constatou Otolina.

A entrada foi servida pela Companhia Feito-Em-Casa.

— Que sopa de tomate deliciosa — elogiou Myrrh. — E a Srta. Macintosh adora sucrilhos de chocolate. É só o que ela come.

O prato principal foi servido.

— Hummm, macarrão! — exclamou o urso, sugando um fio do espaguete, que rapidamente sumiu em sua boca.

— E nem sinal desse amigo de vocês, a Raposa Roxa — observou Cecily. — Tem certeza de que não é só imaginação sua, Otolina? Eu já tive um canguru azul como amigo imaginário.

A sobremesa foi servida.

— Este doce está divino! — exclamou a Sra. Pasternak. — Você precisa me dar essa receita.

Depois do jantar, todos foram para a sala de estar, onde aconteceriam as brincadeiras. Estavam prestes a começar quando ouviram um toc-toc-toc na janela.

Era a Raposa Roxa. Rubra Brava abriu a

janela, e ele entrou na sala, vindo da saída de incêndio.

— Desculpe-me o atraso — pediu. — Mas minha assistente demorou muito para abrir a correspondência.

— Ela parece mesmo estar um pouco distraída — observou Otolina.

— Parece? — indagou a Raposa Roxa. — Não tinha percebido.

— Caramba! — exclamou a Raposa Roxa

quando Otolina o apresentou a Myrrh. —
Vocês duas poderiam ser irmãs de tão parecidas!
— É, agora que você falou... — disse Otolina

pensativa. — Quem quer brincar de pula-pula
travesseiro?
A Raposa Roxa era muito boa em pular

PULA-PULA TRAVESSEIRO
SE BRINCA PULANDO DE UM
TRAVESSEIRO AO OUTRO SEM
PÔR OS PÉS NO CHÃO.

travesseiros, mas gentilmente deixou que Cecily ganhasse.

Depois eles brincaram de verdade ou consequência, e a Raposa Roxa contou sobre a situação mais embaraçosa pela qual havia passado, e todos riram porque ele contou muito bem a história.

Na sua vez, a Rubra Brava preferiu pagar a

... O QUE NÃO ME DEI CONTA ATÉ A MANHÃ DO DIA SEGUINTE FOI QUE MINHA NOVA LIXEIRA PERTENCIA À CABANA DO ENSOPADO DO MURRAY...
VERDADE OU CONSEQUÊNCIA: CONTE UMA HISTÓRIA VERDADEIRA OU PAGUE UMA PRENDA.

prenda de subir pela escada até o teto.

O Sr. Munroe e a Srta. Macintosh foram com ela para lhe fazer companhia.

Ficaram por lá um tempão.

Quando desceram, os outros convidados

URSOS MUSICAIS:
UM URSO PEGA
VOCÊ NO COLO
E DANÇA ATÉ A
MÚSICA ACABAR.

estavam terminando a brincadeira dos ursos musicais.

— Já está na nossa hora? — perguntou Cecily. — Preciso mesmo ir embora. Ruminoso e eu vamos trabalhar de assistentes de croquete amanhã de manhã. Foi uma noite maravilhosa.

Todos concordaram.

Rubra Brava apertou a mão de

Otolina e em seguida a do Sr. Munroe.

— Obrigada por me convidarem — agradeceu ela, timidamente.

Depois que os convidados se foram, o Sr.

Munroe mostrou a Otolina os outros poemas que ele tinha coletado dos postes de luz.

Otolina perguntou se podia escovar o cabelo dele. Isso a ajudava a pensar, especialmente quando tinha que planejar algo ou precisava resolver um difícil quebra-cabeça.

Quando terminou de escová-lo, Otolina começou a trançar o cabelo do Sr. Munroe.

— Acho que devíamos

tentar ajudar o poeta do poste de luz — disse ela, pensativa. — E estou bolando um plano...

Capítulo Nove

No dia seguinte, Otolina e o Sr. Munroe acordaram e saíram cedo.

Foram até o beco,
atrás do edifício
Paul Stewart III,
visitar o caixote de madeira que tinha sido
mencionado ao Sr. Munroe na noite anterior.

Rubra Brava ficou surpresa ao vê-los.

— O Sr. Munroe percebeu que você estava triste na noite passada — começou Otolina —, então, queremos tentar ajudar.

— Não é nada bom — confessou Rubra Brava. — A Raposa Roxa é tão inteligente, talentosa e espirituosa, mas ele simplesmente não me nota, e sou tímida demais para dizer a ele como me sinto.

— Bem — disse Otolina —, vamos ter que mostrar a ele o quão inteligente e talentosa *você* é. O Sr. Munroe e eu já estamos trabalhando num plano bem esperto, não é, Sr. Munroe?

O Sr. Munroe assentiu e entregou sua capa de chuva para Rubra Brava.

— Vista isso e venha com a gente — pediu Otolina. — Temos muitos amigos que podem nos ajudar.

Primeiro, foram até a Livraria da Rua 4.

Depois resolveram almoçar no Café Grande Xícara de Chá.

Em seguida foram visitar o Parque Pettigrew
e Jardins Ornamentais...

... e quando voltaram para casa, Otolina e o Sr. Munroe desceram ao porão. O plano corria bem.

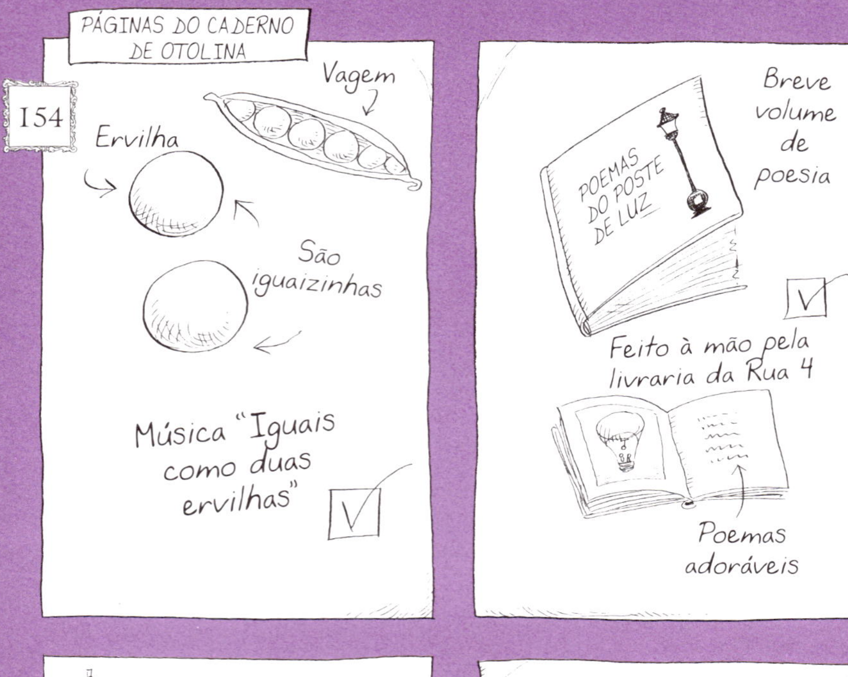
PÁGINAS DO CADERNO DE OTOLINA
Vagem
Ervilha
São iguaizinhas
Música "Iguais como duas ervilhas"
Breve volume de poesia
POEMAS DO POSTE DE LUZ
Feito à mão pela livraria da Rua 4
Poemas adoráveis

Luzes de fada da Cia. Mil Watts Trocadores de Lâmpadas
Retalhos quadrados
selecionados pela empresa
O Dragão Sorridente & Cia. Dobradores de Roupas
Reciclado das roupas fora de moda
criadas pela Butique dos Gorilas da Rua 1
Vestido de retalhos

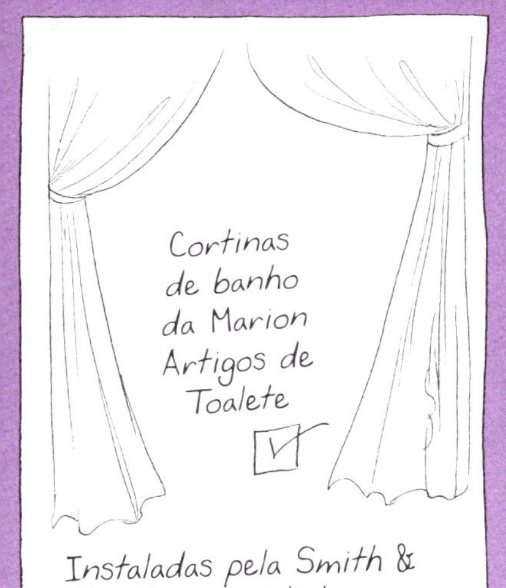
Cortinas
de banho
da Marion
Artigos de
Toalete
Instaladas pela Smith &
Smith, especialistas em
afofar travesseiros e
puxar cortinas

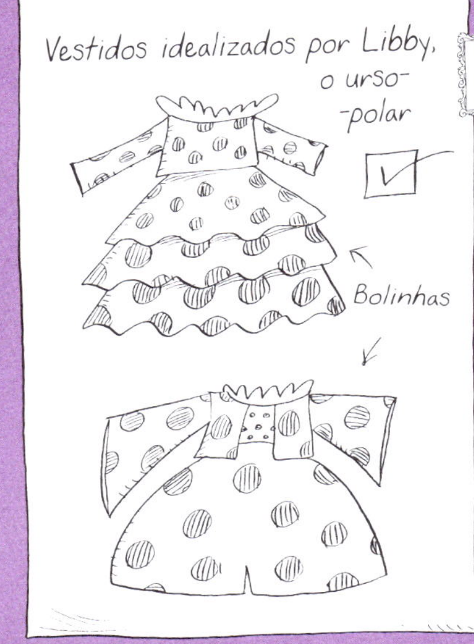
Vestidos idealizados por Libby,
o urso-
-polar
Bolinhas

Xadrez
Estrelas
reluzentes

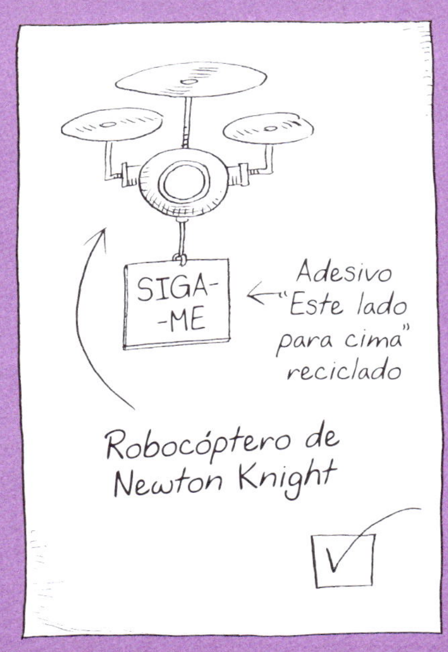
SIGA-
-ME
Adesivo
"Este lado
para cima"
reciclado
Robocóptero de
Newton Knight

Uma semana depois, a Raposa Roxa ouviu uma batidinha. Quando abriu a tampa de sua lixeira, achou um bilhete e viu o robocóptero de Newton Knight esperando pacientemente por ele.

SIGA-ME

Capítulo Dez

A Raposa Roxa chegou aos jardins do telhado da Butique da Rua I.

— Olá — cumprimentou Otolina. — É um prazer ver você.

— Por favor, venha por aqui — indicou Myrrh.

— Pode nos seguir — disseram Cecily e Sultana ao mesmo tempo.

VESTIDOS
IDEALIZADOS
POR LIBBY, O
URSO-POLAR

O Sr. Munroe e a Srta. Macintosh esperavam ao lado das grandes cortinas.

TALENTOS DE CIDADE GRANDE

Primeiro,
Cecily e
Ruminoso
se apresentaram
com uma dança
interpretativa.

Depois Sultana e Tchau-Tchau fizeram malabarismo com cocos...

... e em seguida Otolina e Myrrh cantaram uma música.

— E agora... — anunciou Otolina —, apresento-lhes a inteligentíssima e extremamente talentosa poeta do poste de luz, Rubra Brava!

Poemas
do Poste
de Luz

Rubra Brava leu seus poemas
para todo mundo.

...E SOBRE UMA LAGOA
TROPICAL E DISTANTE,
PODEMOS VOAR JUNTOS
NUM LINDO BALÃO,
O ÚNICO PROBLEMA
É QUE, ANTES,
PRECISAMOS TER CORAGEM
DE SOLTÁ-LO DO CHÃO.

— Por que não notei antes que a senhorita é tão inteligente e talentosa? — perguntou a Raposa Roxa.

— Por favor, pode me chamar de Magenta — pediu Rubra Brava timidamente.

Poemas
do Poste
de Luz

— E a senhorita pode me chamar de Peregrino — disse a Raposa Roxa, com um sorriso. — Nunca me dei conta de como é bonita a cor de sua pelagem.

Magenta sorriu.

— Gostaria de dançar? — perguntou a Raposa Roxa.

— Adoraria, Peregrino — respondeu ela.

A Raposa Roxa e Rubra Brava dançaram um foxtrote enquanto os gorilas tímidos começaram a surgir, vindos da selva do jardim do telhado.

A festa durou a noite toda.
BUTIQUE
DA RUA I

Quando o sol nasceu, a Raposa Roxa e Rubra Brava saíram de fininho da festa e desamarraram a corda do balão. Deram adeus ao se afastarem no céu do amanhecer.

— É bom fazer novos amigos — constatou Otolina, sonolenta. — Mas você, Sr. Munroe, vai ser sempre meu MELHOR amigo.

O Sr. Munroe não disse nadinha...

... mas Otolina sentiu sua mão ser apertada de levinho.

Este livro foi composto nas tipologias Andrew Handscript,
AnkeHand, Batagors, Brush Script Std, CatholicSchoolGirls
BB, Centaur MT, DK Lemon Yellow Sun, Enjoy the Ride, Eye
Catching Pro, Fish And Chips, Hapole Pencil, Hello Beautiful,
Himdath, Hunterswood, Misproject, MurrayHill Bd BT,
Riddell, Roof runners active, YancysHand, e impresso em
papel Offset 120g/m^2 na Gráfica Stamppa.